GW01459858

GWELD Y GARREG ATEB

GWELD Y GARREG ATEB

Einir Jones

Gwasg
Gwynedd

Argraffiad Cyntaf — Gorffennaf 1991

© *Einir Jones 1991*

ISBN 0 86074 071 4

Cedwir pob hawl. Ni ellir atgynhyrchu unrhyw ran o'r
cyhoeddiad hwn na'i gadw mewn cyfundrefn adferadwy na'i
drosglwyddo mewn unrhyw ddull na thrwy unrhyw gyfrwng
electronig, electrostatig, tâp magnetig, mecanyddol, ffotogopïo,
recordio, nac fel arall, heb ganiatâd ymlaen llaw gan y
cyhoeddwyr, Gwasg Gwynedd, Caernarfon.

Dymuna'r cyhoeddwyr gydnabod cymorth a chyfarwyddyd
Adrannau'r Cyngor Llyfrau Cymraeg a noddir gan
Gyngor Celfyddydau Cymru.

Daeth y gyfrol hon yn fuddugol yn y gystadleuaeth
'Cyfrol o Gerddi' yn Eisteddfod Genedlaethol Ynys Môn 1983
a diolchir i Lys yr Eisteddfod am ganiatâd i'w chyhoeddi.

Cyhoeddwyd ac argraffwyd gan Wasg Gwynedd, Caernarfon.

Cynnwys

I
JOHN

Y Teid

Yn nhroad y llanw
pa eiriau sy'n cael eu hocheneidio
ar yr awel?

Llafariaid yn llepian
a llithro
ymlaen ac yn ôl
cyn rhoi'r neges yn gyflawn.

Cytseiniaid
y creigiau fan draw
yn torri ar y cylch.

Mae'r gwymon
yn deall heb wrando,

a sigl acenion
symudiad odlau y cerrynt
yn golchi ymwybod
cyn iddo sychu.

Sumbolau brau
lliw machlud ar ewyn
yn troi yn llwyd.

Penllanw
yn drai.

A geiriau disynnwyr y gerdd
yn llinellau igam-ogam
ar gof
y traeth.

Machlud

Dod dros y mynydd yr oeddem ni
pan sylwais
fod y machlud yn ffán.

Cymylau llwyd
wedi'u hymylu'n ddrudfawr
â choch
yn crynu'n ysgafn
yn llaw y gwynt.

Gwyntyll y lliw
yn cwafrio
dros wyneb yr awyr.

Yr unig beth oedd i'w weld
oedd perl pinc
yn hongian o glust yr wybren
dan nos y gwallt.

Aeth y foment heibio.
Trodd y pen.
Syrthiodd y gwallt dros y glust
a chaewyd y ffán.

Aberaeron, Haf 1982

Pigo ein ffordd yn ofalus
dros slafan ar balmant y meini.

Gweld cranc wedi marw,
a'i godi a'i ddangos i'r plant.

Sylwi
drwy 'ngwydrau tywyll
amlinelliadau goleuni'n
tonni'n indigo
ar ei goesau llipa.
Arcau, bwâu yn batrwm,
a'r corff yn friw.

Codi 'mhen, a'r sbectol yn dangos
syndod y dyfroedd oll, pob pwll
yn neidio'n ddeubeth ar unwaith,
a'r lliw yn sgimio yma ac acw
ar y gwydrau.

Glasliw uwchfioled dychmygol,
ac ambr lathriadau
llinynnau o wymon
yn fosaic rhwng anadliadau plwm y malwod.

Aroglau hen gysegr
yn eglwys gadeiriol yr heli

a thryloyw ffenestri'r dyfroedd
yn y pyllau llwyd.

Sêr 1

(ar ôl gweld llun a dynnwyd dros gyfnod hir o gylchdro'r sêr mewn noson)

Fan draw
Polaris
yn em llonydd.

Ond y diamwntiau llachar eraill
yn torri patrymau
wrth droi
ar wydr yr wybren.

Creithiau sy'n anweledig
wedi'u trochi
a'u hoeri'n y llwybr llaethog.

A'r nos glir yn llawn
o dawelwch y drilio.
Gwydr gloyw
wedi'i grafu a'i grychu.

Sgryffinio
pell
y planedau,

a phatrwm yr heuliau fan acw'n
gerfiedig
am byth
ar y dim o'n hamgylch.
Bob
nos.

Sêr 2

Mae'r sêr
yn agor yn araf
yn y machlud.

Wedi i'r haul fynd i lawr
dont allan
fesul un
yn flagur ar gangau'r hwyr.

Ac yn y gwyll
y gellir ei glywed
mae eu dail yn agor.

Araf
yw eu symudiad
i orchuddio
cangau'r tywyllwch.

Heb eu sylwi
maent yn blodeuo'n
drwch ar yr awyr.

A chyn hir
bydd y gwynt yn chwythu
yn y coedwigoedd
a'r dail yn ysgwyd,

gan dasgu
hadau goleuni
i lawr
i lawr.

Tra bo sêr yn ffrwytho
mae gobaith.

Dail

Mae dwylo bach
y dail castanwydd
yn agor.

Diniweidrwydd
yn dad-grebachu.

Bysedd gwyrdd yn ymlacio
a dyrnau brau
yn ymrowlio'n dyner
i bwyntio,

a than y coed
y cennin yn newydd,
pilyn y bru
yn dal ar eu pennau.

Tyfu a wnânt.
Y blodau yn darfod ynghynt.
Yn fflownso'n ddidaro
dan y coed hen
cyn gwywo'n felynfrown,
eu petalau'n
femrynnau eu hanes,
a'r dawnsio hirgoes egnïol
wedi'u treulio'n llwyr.

Mae'r dail yn para uwchben
yn fflapian yn hwy.
Collwyd pob diniweidrwydd
yn nhanbeidrwydd
gwybodaeth yr haf.

Ganol Awst maen nhw'n sych
grimp,
eu cegau ar agor
yn y gwres.

Erbyn hyn, y dirywio,
hiraethu am fwrw
hydref blinderau i lawr,
ac yn chwifio ffarwel.

Wynebau hen yn syllu'n rhidyllog o'r brigau
ar yr egni crwn
sy'n aros ei dro
dan y pridd.

Gweld Y Garreg Ateb

Mam, gawn ni weld y garreg ateb?
Pa beth a atebaf?
Mae'n bod er nad yw'n bod,
o hir chwilio a gweiddi
ar ddiwrnod tawel.
Lleisio'n gras ac yn galed
gan alw
ar yr ansylweddol.
Anobaith yn adlais
yng nghefn y meddwl,
a'r llygaid yn rhythu
am ddim.

Ar ddamwain, taro
ar y fan gywir,
safwn. Gwaeddwn. Trown,

yna yr ateb,
brawddeg yn cael ei hyrddio
i lawr yr awyr,
a'r perfedd yn troi
wrth i'r geiriau ffurfio
yn y gwynt sy'n ein cyffwrdd.

Crochlefain amser
yn dawnsio a bownsio
i lawr coridorau'r gwagedd
tuag ataf,
a'r plant yn neidio
gan lawenydd.

Minnau yno,
gyda'r cof am ddoe a thragwyddoldeb
yn llamu ar awel tuag ataf.

Pa beth a waeddaf?
Pob cnawd sydd wellt.
Dim ond yr un a alwodd,
dim ond y sawl a welodd y dim rhyfeddol
sy'n gallu parhau.

Dim ond y maen nas gwelir
sy'n gallu ateb.

Glo

Chwythodd awel gynnes
o'r gorffennol
ac anadlodd y dail du.

Symudodd y brigau brau ryw fymryn
a rhyddhau
rhyfeddod y llwch.

Ystum dawel
lle bu rhu y gwyntoedd
yn rhyferthwy'r fforestydd.

Fe ddaliodd y rhain
yr haul unwaith.
Pefriodd a bwriodd
danbeidrwydd ei egni'n
drofannol wyrdd ar y cangau byw.

Dafnau glaw
wedi'u dal
yn gnapiau goleuni.

A choch yr hen fachludoedd.

Minnau
erbyn hyn
yn clustfeinio
am anadliadau
a thrydarthiad
na ellir mo'u clywed.

Rhisgl rhyfedd
y boncyff
yn batrwm byw
wrth iddo ochneidio'i
ludw
a diflannu.

Llwybrau'r Llanw Yn Y Dŵr

Cerrynt yn y môr.

Olion
dirgelwch yn y dŵr.

Symudiad
cyfriniol a thawel
dim byd.

Gwymon sy'n gwybod.

Llifo,
llyfnu, cymysgu a throelli
mae'r llanw.

Goleuni gwybodaeth y glas,
cyfrinach y cyffro
yn llithro'n dywyll drwy'r dŵr gloyw.

Sliwen y syniad
sydd ym meddwl y môr
yn gwingo,
yn rholio'n iasol

ymnyddu'n y dyfroedd.

A'r rheini'n torri ar y lan
dros fy nhraed
gan gynnwys ewyn
y wefr wreiddiol
ddechreuodd fan acw.

Ond mud
yw ochenaid y môr.
Ni allaf ei chlywed.

Hydref 1

Hydref
a'r parti drosodd.
Rhwbiodd y coed
hen liw eu dail
dan eu llygaid.

Cylchoedd o dan
bob coeden.

Aroglau mwg
ar anadl y gwynt

yna meddwdod yn ymdawelu

a'r ddaear lac yn chwyrnu
dan y flanced drom.

Hydref 2

Hydref,
amser mwyar.

Diwrnod tawel.

Cof am dynnu melyster
tew
o grafangau'r drain.

Gwaed porffor ar y bysedd,
a rhwygiadau coch
ar arddyrnau.

Pob clustog tywyll
yn drwm gan haf.

Aeddfedrwydd brau a briw
yn hongian ar ddim
cyn cyrraedd fy llaw.

Arogl melys y ffrwythau
wedi gwasgu'n bwdin
yng ngwaelod
piser fy nghof.

Ysbaid lonydd
i hel meddyliau
a mwyar
cyn y gaeaf.

Hydref 3

Pnawn heulog yn nechrau hydref
a chwyddwydr yr haul
yn goleuo'r ddaear ddiog.

Dan y coed, yr afalau.
Gwenyn meddw
yn baglu'n benwan dros y ffrwythau.

Aroglau seidr a mwg
yn gryf ar yr awel gynnes,
a'r dail melyn yn syrthio
yn anadlu tawel.

Yna,
ysgogiad sydyn,
llygaid, ymennydd, gewynnau yn neidio.
Glöyn byw yn glanio
ar yr afalau pwdwr.

Cau ac agor adenydd yn gysetlyd.
Coch, du, gwyn yn tician
yn bendil rheolaidd
ac yn cosi cefn llaw
y pridd cysglyd.

Tanbeidrwydd bychan
a brau
yn canu'n eglur,
yn pefrio'i gri
gan ddeffro'r prynhawn
â'i egni gloyw.

Gemau
adenydd
yn tasgu goleuni uchel
a gweiddi'n fud
i'n hysgogi o'n cwsg.

Blodyn Busy Lizzie

Piwpa pinc
yn agor yn araf,
adenydd petalau'n fychan
ar y brig,

yn cwafrio'n ysgafn
a chrynu.

Cylchrediad yn ymledu
gwythiennau
ac ehangu esgyll eiddil.

Sbardun pinc-wyn
yn deimlyr
sy'n deall amseroedd.

Mae'n troi
adenydd yn gylchoedd
a'r rheini'n sychu,
pendantrwydd lliw
yn batrwm brau.

Yna, agor yn llawn
a fflapian yn ei unfan
ar awelon amser.

neithdar yr haul
yn ei gynnal am eiliad.
Chwilio, troelli,
cyn y gwywo
a'r marw.

Ond wedi gadael
cnewyllyn yfory'n
flagur o egni
dan y dail.

Atomfa

Bore o niwl oedd hi
a'r car
yn dringo'n araf
am allt Trawsfynydd.

Glendid yn groen gwyn
am gyhyrau'r cawr.
Trefnusrwydd modern
botymau a goleuadau
yn dofi'r ymennydd enfawr.
Gwifrau'n hymian, a sibrwd eco
o ryferthwy ei gân ddu.

A'r car yn dringo'n araf
yn y niwl llwyd.

Ehedodd pioden heibio
o'r bryniau pliwtoniwm

yn araf
ac yn glaf.

Niwl,
niwl yr anwybod.
Cysgod yr anlwc a'r anras
yn glir yn y niwl.

Cocos

Ymhell o'r heli
mae cocos yn agor
mewn bwcedi plastig
a phowliau cyffredin
pan fydd y teid yn dod i mewn.

Ar fwrdd y gegin
eiliadau cyn iddynt gael eu berwi
a'u bwyta,
maent yn ymateb
i alwad y lloer
a grym y dyfroedd.

A ninnau,
wrth frysio i gael hyd i sosban
sy'n ddigon mawr,
a'n clustiau ar gau
gan hen gŵyr
yn fyddar
i alwad glir a thawel
troad y byd ar ei echel.

Pan symuda'r lloer yn y ffurfafen,
a phan ocheneidia'r gwynt uwchben y môr,
a phan dry y don ar ei hanner
ni wyddom
ni ddeallwn
ni theimlwn.

Nid ydym . . .

Y Llun

Yn y llun hen
fu ar goll yn y twll dan grisiau
yn ddiwerth,
mae lleuad yn codi
uwchben y balconi
a dwy wraig yno
efallai dair,
yn darllen, gwnïo, synfyfyrio
chofia i ddim beth.

Ond mae'r lleuad fel perl
yng nghragen dywyll
wystrysen y nos,
a'r goleuni od
yn taflu golwg ar fyd
lle nad wyf yn bod
ac eto . . .

Efallai mai fi
yw un o'r tair
yn eistedd yno
a pherffeithrwydd y lleuad
yn cael ei dynnu allan
o gnawd y nos.

Mae cymylau'r corff
yn ei chuddio'n ysbeidiol
ond yno y mae hi o hyd
yn wefr wen
yn y tywyllwch meddal
ac yn eco gron
yn awyr fy nghof.

Dyhead

I'r gorllewin fel Brendan yr hwyliaf,
gosodaf hwyliau fy llong
a'i chwmpawd
am fachlud haul,

yr eiliad ryfedd honno
cyn nos
lle mae'r golau a'r gwyll
yn troelli'n un
am ychydig.

Efallai nad oes
ynysoedd melys
yn y machlud,

ond mae'r mapiau
sy'n cael eu dangos am yr eiliad fer
cyn i'r haul eu llosgi
yn fy nhemtio.

A phob nos rwy'n cychwyn
yn llawn o obaith
am rywbeth rwy'n gwybod
nas caf.

Pysgod

Grawn tryloyw
wedi'u bwrw, ac yn suddo
dan lewyrch
lleuad y gwanwyn.

Golau,
llaeth y lloer
yn had yn y dŵr.

Cynffonnau cerrynt
yn siglo,
a chymylau ysgafn
nos y graean
yn gorchuddio
deorfa'r gro.

Yna
gleisiad llonydd
yn pefrio,

ac eog tanbaid,
seren wib
yn hollti'r tywyllwch
trwy ddeufyd rhaeadrau
i gyrraedd dechreuad
ei reddf ryfedd,

a tharddle ei fod
diwybod
dan y dyfroedd du.

Cyll

Yn y blodyn bychan
coch
a chudd
mae'r dirgelwch.

Cynffonnau'n
prancio
sboncio
rhedeg ras â'r gwynt ar ganghennau.

Mae'r paill
yn wyllt.
Ond o'r sgarlad,
o'r brych llonydd
y daw cylch perffeithrwydd y ffrwyth.

Y llwyth
o ganghennau yr hydref,

a llaeth
y cnau.

Mae'r Oll Yn . . .

Eleni eto
mae'r fwyalchen

yn pyncio'n daclus
yn y goeden afalau.

Cnotiau
y blagur duon
yn grosietiau'n y gân.

Addurniadau'r felodi
yn chwyddo'n thema.

Cylch y tymhorau'n troi
tua'r haul,
tua'r haf.

Ffrwythau coch
yn hongian
yn finimiau ar awel,
a mwg melys
tonau cyfoethog yr hydref
yn symudiad llawn erbyn hyn.

Gaeaf.
Noethder y brigau,
ac anadliadau'r arosfeydd gwag
ar fariau'r gwynt.

Mae'r oll yn ysgrifenedig . . .

Cerddoriaeth gron y tymhorau
a'r ceinciau byw.

Gwenoliaid

Greddf yn y perfeddion
yn gyrru'n ôl.

Synnwyr
goruwch-synhwyrol
gwennol
i adgofio
y fan adawyd.

Mae'r sêr yn troi
yn fapiau gloyw
sy'n sgeintio cyfarwyddiadau
disglair
y tu hwnt i oleuni gweladwy.

Breuder y crymanau
yn torri min y gwyntoedd
ac yn chwilio
am y dechreuadau
yn y cylch crwn gwyn
dan y distiau,

sy'n galw
ar donfedd uwch
na'n dirnadaeth ni.

Brain Yn Noswylio

Llwy y gwynt
yn troi dail te y brain
yng nghwpan y machlud.

Ar gerrynt awelon anweledig
troellant ac ehedant at goed yr hwyr
a'u greddfau tywyll,
a glanio ar rimyn
y cangau.

Tywalltwyd y nos
yn llawn.

A bellach nid oes ond patrymau
crawcian cysgodion
ar yr awel fain,

yna tawelwch du
dan gromen yr awyr.

Dau Ffesant, Iâr A Cheiliog

Gefngefn y maent yn uno mwy.
Bachodd y bwtsiwr
barau,
a'u hongian yn daclus ar fetel.

Pob ceiliog a iâr
yn cydmaru, ac angau'n eu gwylio,
cymylau awyr draeth y plu meddal
wedi'u taenu
dros oleuni awyr eu bod.

Oer a dieithr
eu caru,
rhimyn coch y llinyn cras
yn lle greddf
i'w dal ynghyd.

Y llygaid meirwon
dan yr aeliau crychlyd gwyn,
a'r ddeubig a'u clochdar byw
yn dawel.

Masg y clown
yn drasiedi mwy,
a'r cyrff
wedi hen galedu.

Gwreichion dyhead plu
yn goglais yr awel
ddideimlad

a thramp y traed
heb allu eu tarfu mwy.

Cyw Gwennol Y Bondo

Yn y gawod daranau honno
ar noson o Awst
gwibiodd mellten y storm
o dan fondo'r cymylau
a chwalu'r nyth.

Cliriodd y glaw.

Yno'n hurt ar y palmant
mae un cyw,

yn gopi perffaith
ond bychan
o'r rhain sy'n hedfan
mor ddiofal
fan acw.

Plu cysáct ei adenydd
yn gwybod beth i'w wneud.
Mae'r reddf yn gywir
ond y profiad eto
heb ddod.

Codaf ef yn fy llaw
a'i ddal i fyny.
Mae'r trydar uwchben
yn newid,
yn neidio octef
trwy drydan gwythiennau.

Mors
yn ddechreuadau
yn clician a thapio
yn ei ymennydd
wrth iddo ymateb
ac agor ei big.

Ymestyn d'adenydd boi!
Ond mae'n eistedd yno'n daclus
gan hymian ei rym
yn fy llaw.

Deinamo bychan
ar gledr na all ddeall
na helpu.
Perffeithrwydd dibrofiad
yn fy ngwylio
drwy gocpit ei lygaid
gwybodus a syn.
A grym ei gyhyrau'n cronni'n
octenau greddf yn ei feddwl.

Cyn hir bydd yn gallu.

Fydd raid i mi ddim gwylio
ble mae'r gath.
Ond yn awr
cawr mawr y cymylau a'r corwynt,
yr annaladwy,
yn fach ar faes glanio y concrid
ac yn nerfus o bowld.

Perffeithrwydd pitw
dibrofiad
wedi'i ddaearu
gan esgyll a phlu.

Yr Anemoni

Yr anemoni briw,
clais dy glwyf
a gwaed dy guriadau'n
borffor.

Holltwyd dy wefusau
coch.

Dan fwâu perffaith dy aeliau
syrthiodd masgara'n ddüwch,
llwch dy harddwch ar fy mysedd.

Wedi dy lapio'n grwm
dan gôt lwyd dy betalau.
Amser a fu'n dy guro
mor ddidrugaredd.

Difera dy ddagrau lliwgar

i lawr

i lawr

dan staenio fy nwylo
â'r marw.

Petalau llachar
a llychlyd
dy ddyddiau brau
yn treiglo'n llonydd.

Sychodd
a darfu.

Coeden Gwybodaeth

Heuliau afalau
ar goeden dywyll y bydysawd.

Brigau ar led
a'r goleuadau'n cynhesu
tywyllwch gofod y gaeaf.

Gwahoddiad melys
sibrwd perllannoedd y sêr.

Yr aur perffaith
ar frigau noeth.

Crwn a thrwm
y llwyth, aroglau'r gwagedd oer
yn galw a galw.

A'r plentyn yn dringo i fyny,
ei goesau'n dynn am y pren,
i flasu'r
cynhaeaf hen.

Eirlysiau

Mae haid o wenyn gwynion dan y coed
yn hymian yn y gwynt main.

Paill gwyrdd
yn dynn dan eu boliau
a'r coesau meinwyrdd
yn cribo'r awel.

Siglant, dawnsiant eu neges
a dangos ble mae'r haul pell,

cyn agor adenydd golau ar led,
a hedfan ymaith
i chwilio am fêl
eu diwedd
dan y brigau noeth.

Ffynnon Grandis

I lawr dan yr wyneb
mae'r tarddiadau tywyll,
trwy greigiau
yn treiglo'n araf,
codi, diferu'n raddol.

Drwy'r hollt, esgyn yn uwch
swigod ei geiriau'n codi'n ysbeidiol
drwy'r dŵr clir.

Patrymau
dim byd
sy'n creu harddwch
yn bostio'n dawel.

Daw teitiau uchel, a'r heli'n
gorlifo'r gofer.
Tagwyd y ffynnon hithau
gan y brwyn hallt a'r broc.
Slafan amser a neb yn trafferthu.

Ond y sbring fyw
yno o hyd,

yn barddoni'n feddal
dan y gwymon
ac yn creu llinynnau
o eiriau anynganedig
sy'n llithro i lawr
y traeth gwag.

Ffynnon Bryn Refail

Bach oeddwn,
ond mae'r cof wedi dewis dal diferion
yr eiliadau
rhywle yng ngwaelod y bwced.

Mynd i nôl dŵr.
Cerdded dros gaeau, a'r blodau melyn
yn cosi fy nghluniau.

Cyrraedd,
tynnu cap,
yno mewn bedd
y ffynnon fyw.

I lawr yn yr ogof oer
atgyfodiad,
a llifeiriant gloyw
yn colli dros ochrau bwcedi.

Digonedd i'w slopian,
ac eco gwag y peth rhyfeddol
yn llenwi'r lle.
Meini llyfn
yn diferu'n loyw.

Clinc y clustiau metel
yn y fan gysegredig.
a sŵn cadwyni yr iau
yn gwichian yn y tawelwch dwfn.

Ochneidio wrth godi'r llwyth,
a cherdded i fyny'r grisiau
yn oer ac yn ddisglair
i'r byd
oedd yn llawn o haul.

Yr Afon

Ar ymyl y ffynnon
lle llifa'r gofer i lawr
mae'r bachgen yn chwarae
gyda'r gro gwyn.
Ei fysedd yn oer
ond y dŵr gloyw'n chwyddwydr
i'w ddychmygion.

Llithra hithau dan chwerthin yn llawnach
heibio i'r llanc hirgoes
sy'n sefyll yn ddifeddwl
a throed o boptu i'w glannau,
ei law
ymhlith y drain
yn cau am y rhosyn gwyllt
ar yr ochr draw.

Mae'r dyn
yn chwilio am y mwyar mawr
sy'n llawn addewid
ychydig yn is i lawr yr afon.
Aeddfedrwydd hydref
wedi'i arafu.
Ond dal i fynd y mae'r dyfroedd
yn wylltach
am waelod yr allt.

Cyffyrddodd ei ffon
â marwoldeb ei dŵr unwaith
neu ddwy,
llithrodd wrth geisio ymestyn
am y ffrwyth
y tu draw i'w afael.

Cyrhaeddodd hithau y môr.
Ond roedd yr hen ŵr wedi mynd.